HIMMEL-DONNERWETTER

Edgar Külow

über Gott und die Welt

Eulenspiegel

Mit Illustrationen von Annika Huskamp

ISBN 978-3-359-02295-4

Umschlaggestaltung: Verlag unter Verwendung eines Motivs von Jean Effel, aus: »Adam und Eva. Ein Roman in Bildern«, Band 2, erschienen im Eulenspiegel Verlag
Druck und Bindung: CPI Moravia Books GmbH

Ein Verlagsverzeichnis schicken wir Ihnen gern:
Eulenspiegel · Das Neue Berlin
Verlagsgesellschaft mbH & Co. KG
Neue Grünstr. 18, 10179 Berlin
Tel. 01805/30 99 99
(0,14 €/Min., Mobil max. 0,42 Euro/Min.)

Die Bücher des Eulenspiegel Verlags erscheinen in der Eulenspiegel Verlagsgruppe.

www.eulenspiegel-verlag.de

Inhalt

Vorwort

Als die ersten Menschen diesen kalten Planeten Erde durchstreiften, erkannten sie bald, dass ihr Leben hier kaum lebenswert wäre. So viel Leid, Krankheiten, Naturkatastrophen, tödliche Auseinandersetzungen, Kriege und Hunger. Dieses Leid brauchte Hoffnung. Da erfanden sie die Götter: den Sonnengott, die Mondgöttin, den Wassergott, den Schlangengott, den Affengott, den Baumgott, den lieben Gott, den Gottfried und viele mehr. Und was hat sich in Abertausenden von Jahren geändert? Nichts. Wenn man einmal davon absieht, dass Arbeitslosigkeit und Terrorismus zum Leid hinzugekommen sind.
Eines der ersten spirituellen Gebäude, mit denen sich die Menschen das Leben auf Erden erträglich machten, war der Glaube an ein Weiterleben nach dem Tode. Egal ob im Paradies, in den ewigen Jagdgründen, als Engel oder als Wisent: Man lebt ein zweites, endloses Leben. Natürlich geläutert – das ist Voraussetzung. Obwohl ich einem Dutzend Zeitgenossen auch im Jenseits nicht wiederbegegnen möchte …
Der Autor dieses Buches ist nachweislich

mit einer teilweise christlichen Religion beschichtet. Er neigt etwas zum konfessionellen Lutheraner, mit festen Vorstellungen vom Leben nach dem Tode im Himmel – im Volksmund als »evangelisch« geoutet.
Da in der überschaubaren Geschichte der Menschheit kein Beispiel bekannt ist, dass sich eine geläuterte Gesellschaft über einen längeren Zeitraum auf der Erde vergnügt hat, kann man vermuten, dass sich im Himmel die Beziehungen der ehemaligen Erdbewohner den gleichen Gepflogenheiten unterworfen haben. Es hat sich also nichts verändert. Das erleichtert einem natürlich das Verständnis für die Vorgänge im Himmel, zumal sie von Vorgängen auf der Erde konterkariert werden.
Der verregnete Weg zur absoluten Wahrheit, auf dem erfahrungsgemäß nur die Philosophen wandeln, die einmal im Leben die Weltanschauung gewechselt haben (Apostel Paulus), ist im Augenblick dermaßen bevölkert, dass man, in alten Irrtümern befangen, lieber noch ein paar Jahre zu Hause abwarten sollte.

Wolke 7

Sonnabend früh saßen Moses, Abraham und Isaak im Zentralhimmel auf Wolke 7 beieinander und warteten auf den Frühstückswagen, der von Wolke 24 gerade hereinsegelte. Er brachte zwei Säckchen Manna, einen Kasten Nektar und einen Karton Ziegenwein, Jahrgang 1796. Die heilige Elisabeth hatte französische Zigaretten mitgebracht, was den Nichtraucher Abraham zu der Bemerkung verleitete: »Die Damen haben sich seit dem Sündenfall nicht verändert!«
In dem Trubel übersahen alle, dass Simon Petrus auf seinem alten Moped hochgeflogen kam. Er hatte die Segel gesetzt, so dass man ihn nicht hören konnte. »Hallo, Jungs!«, begrüßte er die Männer, »Gottvater möchte euch um zehn zur Wochensitzung sehen!«
»Ach, der dauernd mit seinen Sitzungen.«
»Ja, aber wir müssen diesmal unbedingt den Umbau des Fegefeuers durchsetzen«, quäkte Isaak. »Satan kommt mit dem Heizen nicht mehr nach. Habt ihr letzten Monat die Liste von unten gesehen? Aus Deutschland? Von zehn Zugängen müssen neun ins Fegefeuer.«
»Was da im kommenden Jahr in der Hölle

ANKUNFT

los ist!« Abraham schnallte sich die Flügel um, segelte über den Golfplatz, verlor an Höhe beim Tierpark und landete vor Jehovas Kathedrale. Moses und Isaak folgten ihm, zeigten ihre Mitgliederausweise des Heiligen Vierers und gingen auf Zehenspitzen hinein.

Als sie nach drei Stunden wieder herauskamen, meinte Moses: »Ich habe es geahnt. Er hat sich mal wieder über etwas auf Erden geärgert. Was meint ihr? Ich vermute über den Ratzinger. Ein Jude war es nicht. Das hätte er gesagt. Jedenfalls bewilligt er uns den Neubau nicht. Ich kann mich wieder mit Satan herumärgern. Na ja, Jehova ist auch nicht mehr, was er mal war.«

Isaak fing an zu heulen. »Was war er denn, unser Jehova, unser Gott?«

»Ja, damals«, lachte Moses, »als er für die Juden das Meer teilte und die Ägypter, die Schweinehunde, alle ersoffen. Solche Scherze hat er früher immer drauf gehabt. Oder als er sich die Sintflut ausdachte mit olle Noah und den ganzen Viechern ...«

Da fiel ihm Abraham ins Wort: »Und als die Nazis die Juden ausrotteten? Da war er nicht da. Stimmt's?«

»Hm! – Aber da war er krank.« Moses legte die Stirn in Falten. »Da hat ihn der Papst ver-

treten, und der war eine Niete. Da kam der Zweite Weltkrieg. Und heute muss man sich nicht wundern, dass die Zahl der Gottlosen zunimmt. Die Christen glauben nicht mehr, weil Christen sie betrügen und belügen, und die Mohammedaner nehmen zu.«
Als sie über McDonald's flogen, fragte Isaak:
»Was gibt's denn heute Mittag zu essen?«
»Ich glaube, Möhreneintopf.«
»Komm, wir segeln runter – und holen uns einen Broiler!«

Der liebe Gott hat Großes vor

Der liebe Gott hat Großes vor.
Er will die Menschen lehren.
Es ist ja schließlich sein Ressort.
Wer will ihm das verwehren.

Da fängt er bei den Deutschen an,
beim Bundespräsidenten,
der alles weiß und wenig kann,
wie üblich bei Regenten.

Gottvater wendet sich, o Graus,
an Guido Westerwelle.
Der bläst nur »Steuersenkung« raus,
und das nur auf die Schnelle.

Gott geht zu Herrn von Guttenberg,
dem Lenker aller Schlachten.
Er stößt auf den Afghanenzwerg
und will nicht übernachten.

Er steigt auf seinen Himmelsthron,
zurück bleibt das Verderben.
»Ein Mensch lernt wirklich nichts dazu.
Ich lass ihn dämlich sterben.«

Der Atheist

Ein Atheist ist nicht – wie vielfach angenommen – glaubenslos. Er glaubt nur nicht an einen Gott, von dem alles Gute auf Erden kommt, während alle Katastrophen schuldhaft vom Menschen herbeigeführt werden.

Nach einem schweren Erdbeben fand ein Vater, der seine Frau und zwei Söhne verloren hatte, nach vier Tagen seine kleine Tochter unversehrt unter den Trümmern seines Hauses. Er dankte Gott stundenlang, dass er seine göttliche Hand über das Kind gebreitet habe.

Engel

Engel sind geschlechtslos.
Wenn sie Geschlechtsteile hätten,
lägen sie in ihren Betten,
zögen kleine Engel groß.

Engel haben Flügel,
mit denen sie tagsüber fliegen.
Abends, wenn die Engel liegen,
kommen sie auf den Bügel –
die Flügel.

Engel gibt's zwei Sorten,
Schutzengel und Weihnachtsengel.
Letztere haben manchmal Mängel
bei Woolworth oder Horten.

Engel sind die Armee
Gottes. Ungefähr achtzigtausend,
über den Sündern sausend,
in Kirche und Moschee.

Engel brauchen kein Brot
und keine Maschinenpistolen,
sind weder Türken noch Polen
und gehen niemals nicht tot.

Engel sind ganz wichtig
und wunder-, wunder-, wunderschön.
Ich habe schon mal einen gesehn,
nachts. – Naja, auch nicht so richtig.

Lena

»Guten Morgen, Willi!«
»Moin, Franz!«
»Wo gehen denn die Leute hin?«
»Na, zur Wahl.«
»Was denn für 'ne Wahl?«
»Bundestagswahl.«
»Bundestagswahl? Da kriegen mich keine zehn Pferde hin.«
»Aber ich gehe hin, weil das mein gutes Recht ist.«
»Da pfeif ich drauf.«
»Wer an die Macht kommt, ist dir wohl egal?«
»Was hat denn das mit der Macht zu tun? Aber du bist ein selten dummes Schwein.«
»Soll ich vielleicht die Merkel wählen, he?«
»Wie kommst du denn da drauf? Du bist doch gar nicht aus Mecklenburg-Vorpommern.«
»Nee! Ich komme aus Hannover!«
»Da kann ich dir einen Tipp geben: Lena Meyer-Landrut.«
»Meinst du, weil sie die zum Europameister im Singen gewählt haben?«
»Ja, Lena, das Geschenk des Himmels. Die singt nämlich noch höher als Gunther Emmerlich. Sie ist unser Märchen in Europa.

Und sie sorgt für eine Super-Stimmung im ganzen Land.«
»Haste eigentlich den gesehen, der immer die Fahne hoch in die Kamera gehalten hat?«
»War das vielleicht dieser Horst Wessel?«
»Nee, nee! Das war dieser Stefan Raab – ihr Führer. Auf die Heimat!«
»Auf die Heimat!«

Würden Wahlen
etwas ändern,
dann wären sie nämlich
verboten.

Einer, zwei oder drei

Einer ist gut

Wenn da einer ist, der jung ist und dynamisch, freundlich und klug, aufgeschlossen und zuverlässig, hol ihn ins Kollektiv. Er wird euch nach außen und innen Gewinn bringen.

Zwei sind besser

Zwei sind natürlich besser. Weil keiner dem anderen den Posten neidet. Sie können sich über die zweite Ebene austauschen. Sie können sich gegenseitig die Fehler zuschreiben. Sie können gemeinsam Schach spielen. Sie können bei Unregelmäßigkeiten einander decken. Bei Beerdigungen und anderen Auszeichnungen kann man sich abwechseln. Bei einer Abstimmung haben zwei größere Chancen als einer.

Drei sind am besten

Drei sind natürlich am besten. Weil sie zahlenmäßig schon mal einer mehr sind. Da kann man auch am leichtesten eine Frau mit unterbringen. Ist auch eine soziale Frage.

Im Übrigen sind auch genügend Anwärterinnen da. Bei einer Abstimmung haben drei größere Chancen. Und wenn es bis aufs Blut geht – es ist das gleiche Blut. Drei können einen flotten Dreier machen oder Skat spielen.

Jus quaesitum

Wer hat in seinem Leben nicht schon etwas vom Kampf der inneren Organe gehört. Nein, nicht von Prostata und Herzschrittmacher, sondern von den inneren Organen des Staates, den Machtorganen, wie Gerichtsvollzieher, Friedhofswärter und Polizisten. Im weitesten Sinne könnte man auch einen Richter dazu zählen, obwohl er mehr ein äußeres Organ ist. Er bestimmt beispielsweise, ob du vier oder zwei Jahre aufgebrummt kriegst. Wenn du zwei Jahre kriegst, bist du unschuldig, wenn du jedoch schuldig bist, kriegst du vier Jahre oder wirst freigesprochen oder so ähnlich …
Ich will das mal an einem Beispiel erklären. Da gab es beim Hessischen Fernsehen einen Herrn Emig. Sportchef. 10 000 Euro Monatsgehalt, ohne diverse Honorare. Eine halbe Million auf Konten im Ausland. Ein Haus vom Feinsten für eineinhalb Millionen Euro. Alle wussten Bescheid, keiner sagte was. Welch ein Geist herrschte bei diesem Sender! Emig bekam in Frankfurt am Main zwei Jahre und acht Monate Knast.
Und Hessen ist kein Einzelfall. Im »Sächsischen Sumpf« in Leipzig stand der Krimi-

nelle Mohren vor dem Richter. Er hat seine Geschäfte beim MDR unter dem staunenden Beifall der ihn umlagernden Ostdeutschen abgewickelt. Doch bekanntlich gibt es in Deutschland mehr als diese zwei Fernsehsender, in denen Menschen arbeiten und gutes Geld verdienen. Nun lehrt uns aber die Erfahrung, dass im Fernsehen bei HR und MDR nicht nur Menschen arbeiten, deren Integrität über jeden Zweifel erhaben ist. Nein, leider nicht. Auch dort gibt es Duckmäuse, Feiglinge, Mitläufer, Mitklatscher und Arschkriecher. Und wenn es dieses Heer von Weicheiern nicht gäbe, wie sollten diese Kriminellen ihre Schandtaten so lange verbergen können?
Wilfried Mohren wurde wegen Vorteilsnahme, Steuerhinterziehung und Betrugs vom Leipziger Landgericht zu zwei Jahren Haft auf Bewährung verurteilt. Die Staatsanwältin hatte sich den Mund fusselig geredet, um den Mohren drei Jahre ins Gefängnis zu kriegen. Die Dame scheint sich aber mit der politischen Lage in Sachsen wirklich nicht vertraut gemacht zu haben.

Mitteldeutscher Rundfunk

»MDR! Ja! Wer ist da? Dr. Bröselbraun, ja. Natürlich habe ich Ihr Fernsehspiel gelesen. Kommen Sie doch hoch.« – Der Bröselbraun, der geht mir auf den Sack. Aber das Fernsehspiel ist machbar. Ein paar kleine Änderungen, dann geht das. – »Ah, Herr Bröselbraun. Natürlich können Sie hier rauchen. Kaffee? Frau Eberlein, Kaffee für Dr. Bröselbraun. Ihr Fernsehspiel hat mir gut gefallen. Nehmen wir. Nehmen wir. Ein paar kleine Änderungen. Klitzekleine Änderungen – fertig. Haben Sie schon mal eine Sendung von uns gesehen?«

»Natürlich!«

»Natürlich. Ihr Held feiert seinen 80. Geburtstag im Hotel. Prima. Aber bei Ihnen ist ja keine Küche. Da muss ein Wettkochen mit rein. Ein Wettkochen. Das wollen unsere Menschen. Gucken Sie kein Fernsehen? Jeden Tag auf jedem Sender Wettkochen. Nein, nein, das muss rein. Das muss rein. Das Programm: Cello-Konzert. Sind wir Arte? Nein! Bei uns ist Volksmusik. Schifferklavier und Gitarre. Die Herzdecker

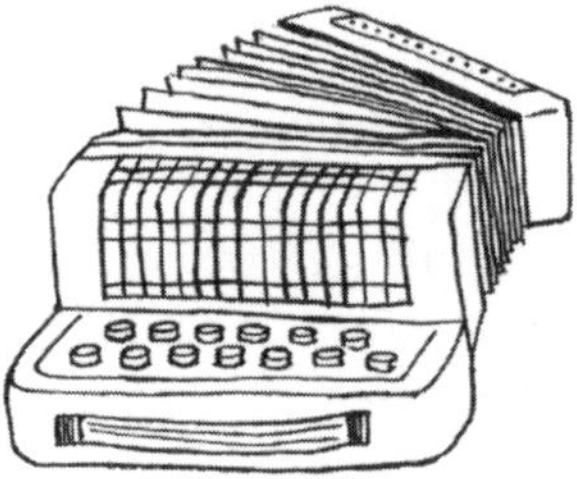

Wildbuben. Die Kastrierreuter Spatzen. La Montanara, Comedians …«

»Comedians? Was ist das?«

»Na, so kleine Menschen oder so große mit so ganz komischen Gesichtern. Du denkst, die spielen in der Psychiatrie. Das wollen unsere Menschen. Das bringt Quoten. Und ein Arzt muss rein. Wenn Krankenhaus nicht geht, wenigstens ein Arzt. Dann kriegt das Spiel eine völlig neue Gewichtsverlagerung. Hm! Und eine Krankenschwester? Oder ein Krankenwagen? Ich habe übrigens den Vertrag schon vorbereitet. Schon unterschrieben. Ich habe noch zweitausend Euro draufgeknallt. Ist Ihnen doch recht?«

»Na ja, wir zwei sind doch immer noch klargekommen. Es fällt mir dieses Mal wieder sehr, sehr schwer.«

»Mir auch, Dr. Bröselbraun, mir auch. Ich erwarte Ihr verändertes Buch am Freitag. Vielen Dank.«

»Lisbeth! Lisbeth! Gib mir mal den Pförtner.«

»Ja, Paul. Da kommt jeden Moment der Dr. Bröselbraun vorbei. Sag ihm: Schönen Gruß von mir. Er möchte noch einen Hund mit einbauen.«

Bayern

Ich mag die Bayern, ihre Seen und Berge,
wo es nirgends so viel Heimat gibt.
Die herrlich großen, ledernen Gefäße,
worin das Herz klopft, nahe am Gesäße,
in die sich jede Jungfrau schnell verliebt.

Ich mag die Bayern, ihre Dialekte,
nur kann ich manchmal kaum ein Wort
verstehn.
Der Urlaut wie ein Alpenfels gemäuert,
der Kehlkopf wie in Weizenbier gesäuert,
jo mei, seit gestern ist mal wieder Föhn.

Ich mag die Bayern, ihre Frömmigkeit,
die sich bekreuzt bei Furz und Seelenpein.
Ihr Papst heißt Ratzinger, ist Bayernsohn,
seine Frau ist längst schon in Pension,
den Boss der Evangelen kennt kein
Schwein.

Neandertaler

Als die zwei Neandertaler – über ihre Namen streiten sich bis heute die Gelehrten, sie konnten sich letztendlich mit André Brie aber wohl auf Nuff und Nuff-Nuff einigen – auf den Cromagnonmenschen stießen, waren alle drei so erschrocken, dass sie mit ihren Keulen aufeinander einschlugen, bis der Franzose tot war. Dann erschlug Nuff den anderen Neandertaler, weil der behauptete, er allein habe den Franzosen niedergestreckt. Der wissenschaftliche Streit über diesen Vorfall schien im Sande zu verlaufen, hätte man nicht kürzlich im Eis der Alpen einen 30 000 Jahre alten Menschen entdeckt, der natürlich die Wissenschaft auf den Plan rief. Dieser Urmensch schien aus den Annalen verschwunden zu sein – bis vor einiger Zeit, da tauchte dieser Alpenurmensch im Fernsehen bei der Volksmusik Tag und Nacht wieder auf. Sein Name ist DJ Ötzi – dieser Mensch mit der selbst gehäkelten weißen Mütze und den Millionen Anhängern. Der Mann aus dem Eis, der beweist, dass sich der künstlerische Geschmack der Deutschen seit 30 000 Jahren nicht einen Deut geändert hat. Gewiss doch, die Anthropologen lie-

gen im Clinch, ob neben den körperlichen Merkmalen auch andere Vergleichsmöglichkeiten bestehen. Aber ja! Die Steinzeitler trugen Tierfelle – wie wir heute. Sie aßen Fleisch – wie wir heute. Sie aßen Früchte – wie wir heute. Sie malten – wie wir heute. Sie schlugen sich gegenseitig tot – wie wir heute. Die Neandertaler und Cromagnons mochten sich nicht. Die Deutschen und Franzosen mochten sich nicht, wenn man von dem blöden Getue zwischen Frau Merkel und Herrn Sarkozy absieht. Davon will das Volk auch gar nichts wissen. Aber von der Musik, die aus dem herzlichsten aller bayrischen Organe kommt: der Lederhose.

Mundart

Nein, ich bin kein bayrischer Mundartdichter. Ich bin kein Bayer und Mundartdichter schon gar nicht. Ludwig Thoma, ja, der war Urbayer und Mundartdichter dazu.

Ludwig Thoma bellt nach innen,
weil ihm manches nicht gefällt.
Doch es lockt ihn nichts aus Bayern
in die graue Außenwelt.

Zur Wendezeit spekulierten einige Sachsen auf einen Anschluss an Bayern. Nun ja, man könnte wieder ein Königreich werden (was ja auch wirklich gelang). Einen Mundartdichter hatte man auch, den Annaberger Arthur Schramm.

Der Kumpel aus dem Stollen kriecht,
hurra, der Sozialismus siegt.

Schaut nur, wie die Sonne lacht,
das hat die SED gemacht.

Goethe, Schiller, Arthur Schramm
sind die Besten, die mir ham.

Heine, Kafka, Bertolt Brecht
schrieben aber auch nicht schlecht.

Willi Koslowski

Heinz Florian wird hoch gelobt,
weil Tag und Nacht er ungedopt.

Oechelhaeuser, Schütt und Braun
sind im Verbund nicht umzuhaun.

Wolke 3

»Es goss. Es goss in Strömen. Es goss Tag und Nacht, einen ganzen Monat lang. Alles ersoff im Wasser. Die Menschen, die Tiere, die Berge. Alles!«
Die Zuhörer auf Wolke 3 im Saal Morgenröte des Katholischen Kulturbundes »Mariä Empfängnis« stöhnten. Die Veranstaltung war mit 28 000 Seelen ausverkauft. Ham, der Sohn Noahs, referierte: »Die wahre Geschichte der Sintflut nach August Bebel mit Randnotizen des Generals Paul von Hindenburg«. Ham lächelte. Es war natürlich alles ein wenig anders, als Pastor Äpfelmann gestern Abend aus der Bibel vorgelesen hat. Beim Bau der Arche sei nachts ein Nachbar mit Namen Putin um die Arche geschlichen und hätte Aufnahmen gemacht. Noah hatte zwei Bullterrier, die unliebsame Besucher von seinem Bauplatz fernhielten. Zwei Neugierige aus Limbach-Oberfrona – die Sachsen sind ja bekanntlich sehr neugierig – hätten sogar versucht, mit ihren Fahrrädern in die Arche durchzubrechen. Die Ziegen hätte Noah achtmal erneuern müssen, weil die Löwen sie ihm jedes Mal weggefressen hätten. »Mein Vater hat dann die Löwen ein-

fach weggelassen und später Kartoffelkäfer in Löwen umgezüchtet. Wir hatten zwei Millionen Würmer und Insekten an Bord, dazu 100 000 Vögel und Fische. Und dann hatte ich heimlich die schöne Rebecca mit; das hat aber nie einer erfahren. Als der Regen aufhörte, landeten wir jedenfalls auf dem Berg Arafat.«
Zwischenruf von Müntefering: »Im Sauerland hieß es, die Arche Noah sei auf dem Kahlen Astenberg gestrandet!«
Ham war empört: »Auf dem Arafat oder so ähnlich hat man doch uralte Reste gefunden.«
»Zwischenfrage: Von einem Schiff?«
»Nee! Von einem Fernseher!«
»Den gab es doch damals noch gar nicht!«
»Richtig! Aber Gott war doch mit auf dem Schiff. Und der hatte doch damals auch schon alles.«
»Unsinn! Gott brauchte nie einen Fernseher, um irgendwas zu wissen oder zu machen.«
Ham: »Im Prinzip, ja. Aber nicht, wenn es so furchtbar regnet.«

Der deutsche Soldat

Der deutsche Soldat ist in der Liebe zu seinem Soldatentum unvergleichbar. Wenn der deutsche Mann seine Waffe in die Hand bekommt, da leuchten seine Augen. Er kann die Waffe auseinandernehmen und wieder zusammensetzen, er kann laden und sichern, schießen und treffen. Das Gewehr ist die Braut des Soldaten. Man kann sich doch nicht vorstellen, dass ein Filipino für sich die Losung gelten lasse: »Mein Gewehr ist meine Braut.« Nein!

Wo der deutsche Soldat steht, ist Deutschland. Natürlich erhebt sich die Frage: Auch in Afghanistan? Ja. Und wenn die Merkel sagt: »In zwei Jahren gehen wir da wieder raus«, dann lügt sie. Natürlich ist das eine Notlüge. Nein, Afghanistan ist doch unsere Kolonie. Da gehen wir doch nie wieder raus. Wir müssten doch bekloppt sein. Mit so geringen Mitteln ein Land erobern. Wissen Sie, welche Verluste die Amis im Irak-Krieg hatten? Gut, die meisten waren Neger!

Der deutsche Soldat ist anders als alle Soldaten auf der Welt. Er ist nämlich durch und durch deutsch. Wir haben es im Zweiten Weltkrieg erlebt. Alle, die an unserer Seite

gekämpft haben, waren Verlierer. Italiener, Österreicher, Rumänen, Ungarn, Esten, Japaner, Letten und ähnliche – Verlierer. Allesamt. Sie wurden nicht einmal in die Betriebskampfgruppen der DDR aufgenommen.
Kein Land der Welt hat so viele Heldenfriedhöfe wie Deutschland. Keine Kriegsgräberfürsorge wie in Deutschland. Keine Schwerverletztenausbildung wie in Deutschland.
Der Schüler Sch. kam 1990 aus Weißwasser nach Tauberbischofsheim. Er wurde Berufssoldat bei der Bundeswehr, Minenräumer, Leutnant. Er hat Frau und Kind, ein eigenes Haus und sieht der Beförderung zum Hauptmann entgegen. Im Augenblick ist er mal wieder zum Einsatz in Afghanistan. Er ist zufrieden. Er teilt diese Zufriedenheit mit 300 000 Soldaten deutschen Blutes. Die Verluste des Heeres sind im Vergleich zu Deutschlands Verkehrstoten einfach lächerlich.
Nachgewiesen ist: 80 Prozent der deutschen Bevölkerung lehnt eine Beteiligung am Krieg in Afghanistan ab. Das ist für uns besonders traurig, weil wir erkennen müssen, wie viele Arschlöcher wir in den Bundestag gewählt haben.

Afghanistan

Auf die Frage nach dem Weiterverbleib des deutschen Truppenkontingents in Afghanistan erklärte Ruprecht Polenz, CDU-Mann und Vorsitzender des Auswärtigen Ausschusses im Deutschen Bundestag: »Wir verteidigen dort Deutschland. Wir verhindern, dass die Taliban ihre verheerenden Auftritte in Deutschland starten können.«
Auf gut Deutsch heißt das: Wenn wir nicht in Afghanistan wären, stünden die Taliban mit ihren schwerbewaffneten Kameldivisionen bereits an der Elbe.

Der Krieg geht weiter

In der schweren Kriegszeit braucht
Deutschland eine Lichtgestalt,
eine Guttenberg-Durchlaucht,
wenn es an den Fronten knallt.

Eine Frau, die jeden Angriff merkelt,
eine Göttin für die halbe Welt,
die an jeder Trauerrede werkelt
und die CDU zusammenhält.

Vorne flattert immer eine Fahne,
was sie und die Trompete uns verbarg.
Der Urenkel liegt wie sein Ahne
in einem deutschen Heldensarg.

Der Krieg wird weiter wohlgenährt,
mit Eisen, Tränen und mit Blut.
Das hat sich wunderbar bewährt
und tut den Kriegsgewinnern gut.

Wir haben noch so viele Kathedralen
und noch so manchen Felddekan,
in Bayern und in Nordwestfalen,
der noch befördert werden kann.

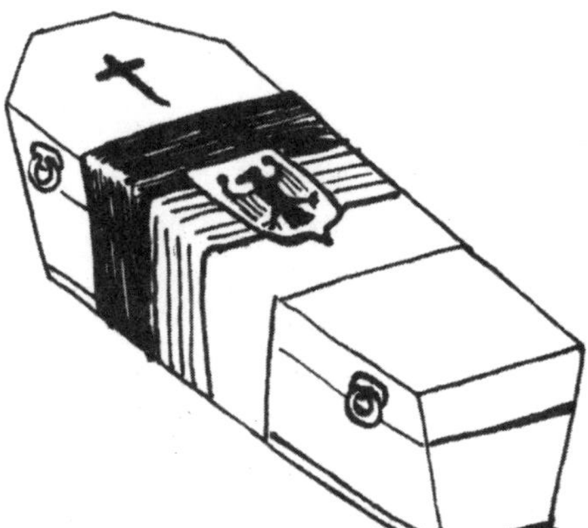

Der nächste Krieg

Den nächsten Krieg gewinnen die
  Tschetschenen,
die Hutus, Tutus oder Sarazenen,
die Tibetaner, fromme Kommunisten,
polnische Mönche, die in London nisten.
Die Amis horchen in der Walachei,
und wer gewinnt, ist Gott so einerlei.

Wir müssen auch mal wieder einen Krieg
  gewinnen,
wir haben Menschen, Flieger, Schiffe,
  Waffen,
wir könnten uns ein Stück Afghanistan
  erobern
und rund um Kundus ein Stück Heimat
  schaffen.
Oder irgend so was.

Wolke 5

»Ismail! Ismail! Kommst du am Sonnabend mit zum Spiel auf Wolke 29?«
»Wer spielt denn da?«
»Lokalderby. Maccabi Haifa gegen Tel Aviv.«
»In welchem Stadion?«
»Im großen Matthäus-Stadion.«
»Im Lothar-Matthäus-Stadion?«
»Nein! Im Apostel-Matthäus-Stadion.«
»Wie viele gehen denn da rein?«
»800 000. Da kommen allein von Wolke 28 über 200 000 Fans mit rüber ...«
»Passen die denn alle da rein?«
»Das Stadion ist doch freischwebend. – Ich mache uns erst mal einen Kaffee. Da ist ja wieder kein Druck auf der Leitung. Die Sünder im Wasserwerk scheinen mal wieder zu streiken.«
»Das sind die Kommunisten. Die machen schon seit zweihundert Jahren das Treiben verrückt.«
»Ich denke, Petrus hat die verboten.«
»Natürlich. Schon drei- oder viermal. Aber denkst du, die geben Ruhe? Nein! Die kannst du auch nicht umerziehen. Da helfen kein

christliches Fegefeuer und kein christliches Wasserwerk. Nichts hilft!«

Draußen wurde es laut. Ismail schob die goldene Paradiestür auf, und da kamen sie anmarschiert: Vorneweg »Die Heilsarmee« mit »Höret die Bot-, ja, höret die Botschaft jedermann, ja, jedermann, Jesus nimmt, ja, Jesus nimmt die Sünder an, die Sünder an!!« Dahinter ein FDJ-Schalmeienorchester mit »Baut auf, baut auf, Freie Deutsche Jugend, baut auf!« Dann kamen die Thomaner mit der Kantate »Die Roten Flieger« und das Engelballett vom Fernsehen. Und ein Meer von Fahnen und Transparenten wie:

»Abschaffung des Fegefeuers«
»Keine Privilegien für Heilige«
»Die Engel sind das Volk«
»Keinen Cent für Afghanistan«

Ismail grinste: »Und was sagt Gott dazu?«

»Nichts«, meinte Abraham. »Wie immer – nichts. Seit Tausenden von Jahren mussten immer die Götter herhalten, um die Dummheit und bodenlose Gemeinheit der Menschen zu rechtfertigen.«

»Das ist wahr«, sagte Ismail. »Das ist wirklich wahr.«

»Und wenn du diese Menschen da unten auf

der Erde erlebt hast, wie sollen die sich das Leben denn im Himmel vorstellen?«
»Nicht anders!«

Zölibat

Der Friederich, der Friederich –
das war ein arger Wüterich,
wo er nur eine Dame sah,
war er schon mit den Händen da.

Er fasste unter jeden Rock,
ein unvorstellbar geiler Bock.
Selbst seiner Schwester Rosalind
macht er Weihnachten ein Kind.

Dann greift ihn sich die Nemesis
und schenkt ihm eine Syphilis.
Da wird der Friederich ganz fromm,
auf dass er in den Himmel komm.

Nein! Er will hinfort keine Fraun,
die ihm den Weg zu Gott verbaun.
Männer! Einen guten Rat:
Heute noch ins Zölibat!

Overbeck

Anne Will hatte sich einige Persönlichkeiten ins Fernsehen eingeladen, von denen sie annehmen konnte, dass sie sich gegenseitig kräftig abwatschen würden.
An der Spitze leuchtete Bischof Overbeck, der 2009 zum Führer der Diözese Essen ernannt wurde und für frischen Wind in der katholischen Welt des Ruhrgebiets sorgen sollte. Es bleibe, so der junge Bischof, eine der großen Aufgaben der Kirche, Menschen, die Gott nicht kennen oder ihn vergessen haben, wieder neue Wege aufzuzeigen, Gott zu finden und in die Gemeinschaft der Kirche zu kommen.
Franz-Josef Overbeck unterstrich dabei, dass Benedikt XVI. »ein universales Amt für die ganze Kirche« übernehme: »Das müssen wir Deutschen lernen.« Der Papst habe in den fünf Jahren seines Pontifikats theologische Fragen neuer Klärung zugeführt. In diesem Zusammenhang verwies der Bischof auch auf das Zugehen Roms auf die ultrakonservative Pius-Bruderschaft.
In einer hitzigen Diskussion warf der Filmemacher Rosa von Praunheim der Kirche Verlogenheit und Bigotterie vor. Er erinnerte

an Hexenverbrennungen und die kirchliche Haltung zur Homosexualität.
Das war ein seltenes Event, das nur mit einer Sportveranstaltung vergleichbar war. Einmal brüllten die Anhänger der »Schwatten« und einmal die Anhänger der »Roten«. Kurz vor Ablauf der neunzig Sendeminuten rief Lisbeth: »Komm jetzt rüber! Was ist denn noch dran?« – »Bischof Overbeck!« – »Ach so, ach so! Neues aus der Anstalt.«

Der moderne Mensch

Der moderne Mensch weiß, dass man heute nicht mehr wie früher ein Leben lang mit einer Weltanschauung durchs Leben joggt, die einem in frühester Kindheit aufs Auge gedrückt wurde. Nein, man kann sie heute wechseln. Ich kenne einen Schulfreund, der war erzkatholisch, lief dann zu den Evangelischen über, schlich sich bei den Grünen ein, wurde ungläubig und sitzt heute bei Maccabi im Vorstand. Ein anderer war in seiner Jugend NS-Blockwart, nach dem Kriege ging er zur SPD, heute ist er bei der Linken. Und Lisbeth Dümpelmann, die war katholisch, dann bei der Jungen Union, heute ist sie Zeugin Jehovas und hat drei uneheliche Kinder von drei verschiedenen Männern oder umgekehrt.

Wer in der Jugend evangelisch ist, kann später immer noch Katholik oder Mohammedaner werden. Er kann aber auch sonst was sein. Neulich haben sie in Westfalen einen erwischt, der war pädophil, aber kein Priester. Mein Freund meinte, die gäbe es auch unter Volksschullehrern. Dem bin ich aber über den Mund gefahren. Da bot er mir Fußballschiedsrichter an. Später sogar einen Adligen. Einen von Plützkau-Serengetis. Oder so ähnlich. Dann haben wir noch zwei, drei Bier zusammen getrunken, und plötzlich war er sogar gegen das Zölibat und gegen das Klonen von Maikäfern. Die Menschen wissen ja nicht, was sie wollen.

Neulich im Restaurant: Meine Schwägerin Simone bestellt sich Forelle. Dann bestellt sie die ab und bestellt sich eine Ente. Dann ruft sie kurz darauf: »Herr Ober, ich hätte doch lieber Spargelsuppe!« Wenn das meine Frau wäre, dann hätte ich ihr eine geknallt. Besser noch: Ich hätte sie übers Knie gelegt, jawoll. Oder im Keller eingesperrt. Die Menschen wissen nicht, was sie wollen. Bei meinem Bruder ist das genauso. Jetzt haben sie getrennte Betten. Geht. Geht. Geht.

Wenn die Merkel und der Westerwelle getrennte Betten hätten, ginge es. Oder auch nicht.

Wolke 2

»Nein!«, sagte Abraham beim Frühstück auf Wolke 2. »Das Zölibat ist doch der größte Blödsinn, den sich die katholische Kirche hat einfallen lassen.«

»Das kannst du laut sagen!«, meinte Isaak. »Wenn das Gott damals seinen Juden eingeredet hätte, na Junge, nee. Da hätte es ja gar keine Menschheit gegeben. Wir wurden doch uralt. Wir hatten doch Unmengen von Weibern. Ich war dreihundert Jahre alt – da lagerten wir unseren Samen noch in Fässern. Dein Bruder Lot, der hat doch mit 99 Jahren seine beiden Töchter geschwängert.«

»Ja, schon! Aber da war er auch zweimal besoffen.«

»Aber«, jetzt musste David auch lachen, »du hattest ja mit dreißig Jahren schon 28 Töchter und 17 Söhne.«

»Und die Weingärten!«

»Natürlich, die Weingärten.«

»Und dann hattest du damals auch die Ägypterin.«

»Moment! Das war aber schon nach Absprache mit Gott, jedenfalls hat Gott das nicht gewollt.«

»Was hat er nicht gewollt?«
»Das mit dem Zölibat. Alles, was der Papst raushaut, ist vorher mit Gott abgesprochen.«
»Das ist vielleicht ein Unsinn. Das hast du von den Evangelen, dass bei den Katholiken alles zwischen Papst und Gott abgesprochen sei.«
»Entschuldige mal, das läuft doch bei den Juden nicht anders. Aber nicht die Bohne.«
»Und wie ist das mit den Evangelen?«
»Die Evangelen sind doch nichts anderes als verunglückte Katholiken. Nur noch schlimmer. Wenn der Luther denen nicht übern Weg gelaufen wäre, würden die doch heute noch die Frauen von den Grünen als Hexen verbrennen.«
Samuel, der am Fenster stand, winkte plötzlich mit beiden Armen. Alle drängten zum Fenster. Isaak erstaunt: »Das ist doch Jesus Christus, der Sohn Gottes. Aber wer ist da sein Gesprächspartner?«
»Das ist Karl Marx«, lächelte Moses. »Ja, die beiden versuchen seit über hundert Jahren erfolglos, sich gegenseitig zu bekehren.«

Kommuniqué des Löwen

Der König der Tiere gab bekannt:
Alle Tiere vom Pferd bis Luchs,
vom Bär bis zum Fuchs,
alles, was kreucht und fleucht im Land,
wird nächsten Monat um halb drei
einfach als konvertiert bekannt.

»Der Löwe ist ein Christ geworden«,
lachte schallend das Krokodil,
und das lachte nicht sonderlich viel,
denn es war zugereist von Norden.
»Und nächsten Monat um halb drei
werde ich den Papst ermorden.«

Der Fuchs war schrecklich mitgenommen.
Wo steht denn in den Zehn Geboten,
nach tausend Millionen Toten,
das Tier gehört auch zu den Frommen.
Und nächsten Monat um halb drei
darf es auch in die Kirche kommen.

Selbst wenn ein König es befehle,
wir wollen nicht wie Menschen sein,
wir brauchen weder Schloss noch Wein,
drum singt das Tier aus voller Kehle:
»Auch nächsten Monat um halb drei
sind wir noch ohne Seele.«

Maria und Joseph

»Maria! Maria! – Was kramst du denn wieder herum? – Du, diese Nacht war wieder der komische Engel bei mir. Es war genau der mit dem kleineren Flügel auf der linken Schulter.«
Maria, die Ehefrau des Joseph musste sich bücken, um durch die Öffnung zwischen Küche und Schlafraum zu Joseph ans Lager zu treten, wo der grippekranke, leicht fiebernde Mann etwas zu trinken begehrte.
»Sag mal, warum rennst du täglich zu deiner Freundin Elisabeth? Ich liege hier und ringe mit dem Tode, und du turnst in der Nachbarschaft rum.«
Die hochschwangere Maria brach in Tränen aus. »Weil sich bei Elisabeth ein ähnliches Wunder vollzogen hat wie bei mir.«
Joseph fing an zu husten. »Das kannst du doch gar nicht vergleichen. Zugegeben, es ist schon ganz erstaunlich, wenn eine Sechzigjährige ein Kind bekommt, zumal der Mann schon vierundachtzig ist. Aber der Zacharias, der ist ja noch so gesund und potent, da lässt sich noch alles auf natürliche Weise bewerkstelligen. Und der Zacharias hat die Elisabeth ja noch allwöchentlich

zweimal beschattet. Hat er mir jedenfalls erzählt.«

Maria schluchzte auf. »Aber das war auch vom göttlichen Engel prophezeit.«

Joseph warf sich herum. »Ja, das hat mir Zacharias auch erzählt. Nur – er hat ihr in der Nacht, in welcher der Engel da war, also, noch in der Nacht hat er der Elisabeth den Johannes angesetzt. Und sie hätten viel Spaß dabei gehabt, meinte Zacharias. Lisbeth hätte dabei mindestens viermal Hosiannah gerufen. – Und was hab ich gehabt? Nichts.«

Das war selbst für Maria zu viel. »Ach, und Esther? Und Aarons Ruth? Und die kleine Dicke aus dem Fischladen?«

»Ich habe nie und nirgendwo behauptet, ich hätte es durch die Rippen geschwitzt; aber mir hat auch keine erzählt, sie hätte einen Freund mit Namen Heiliger Geist. Das nicht.«

Maria hatte sich wieder völlig in der Gewalt. »Du weißt doch, dass das der Erzengel Gabriel mir ...«

»Ach, Gabriel hieß der junge Mann!«

Maria wies ihn zurecht. »Joseph, du weißt genau, dass Engel geschlechtslos sind.«

Joseph maulte: »Ich habe es zumindest mal geglaubt.«

Maria überhörte die Zweifel. »Du weißt, dass ich Jungfrau bin. Du weißt, dass der Heilige Geist bei mir war. Du weißt, dass ich die Mutter Gottes sein werde.«
Joseph wehrte sich weiter: »Ich habe dich geheiratet, obwohl du schwanger warst. Und nicht von mir. Jetzt geht die Tischlerei beschissen, meine Gesundheit ist nicht besonders, jetzt kriegen wir noch den Jesus. Aber du wolltest ja, dass ich mich selbständig mache. Wäre ich doch bei Herodes im königlichen Quarkbergwerk geblieben!«
Maria lächelte. »Warte es doch ab, Sepp! Natürlich kannst du meine Funktion nicht einnehmen. Aber du wirst durch mich ein Heiliger werden.«
Joseph trotzte wie ein beleidigtes Kind. »Ich will kein Heiliger werden. Ich will Tischler sein, und ich will eine richtige Gattin haben.«
»Warte es doch ab, Joseph! Du bekommst noch alles« Damit ging sie in die Küche und fuhr mit Daumen und Zeigefinger in den Gurkentopf, fischte sich eine Hälfte der eingelegten Senfgurken heraus und biss hinein, dass ihr die Brühe aus beiden Mundwinkeln lief und aufs leichtgeschürzte Mieder troff. Sie dachte: »Diese Männer! Ach diese Männer! Selbst die Heiligen unter ihnen bleiben

doch ein Leben lang große dumme Jungens! Die vor allem nicht die ganze Wahrheit vertragen können.«
In diesem Augenblick erscholl die Stimme des Göttergatten aus dem Schlafraum: »Mariechen! Bring mir auch mal ein Stück Senfgurke rüber!«

Die Beichte

Als der Postbote Norbert Jablonski, verheiratet, katholisch, zweiundvierzig, vorsichtig einen Brief öffnete, in dem er etwas Geld vermutete, sprach eine Kinderstimme aus der Spüle: »Ich glaube, du musst mal wieder zur Beichte!« Er ging langsam zur sprechenden Spüle und fragte: »Hallo? Ist da jemand?«
War aber niemand da.

Das Testament

Willi Koslowski versuchte, sich aufzurichten. »Lisbeth«, rief er, »Lisbeth. Bring mir mal einen Stift und Papier! Ich will mein Testament machen.«
»Das kannste auch am Nachmittag noch machen.«
»Da kann ich schon tot sein.«
»Du immer mit deiner blöden Sterberei.«
»Wo ist denn meine Brille?«
»Sie ist immer im Nachtschränkchen. Oder woanders.«
»Dann guck doch mal woanders nach.«
»Ach, nee! Hast sie ja auf dem Kopf.«
»Konntest du auch gleich sagen.«
»Nun hör mal auf mit deiner ewigen Zankerei, also, wer kriegt den Hund?«
»Dennis.«
»Ach, der weiß ja nicht mal, wie der Hund heißt. – Dennis, wie heißt unser Hund?«
»Schröder!«
»Nein, Schröder heißt unser Hamster.«
»Ach, ja! Unser Hund heißt Thierse. Und den vermach ich dir. Und du, Lisbeth, kriegst den Hamster. Ruhe! Und Sabine kriegt den Goldfisch. Nein, der hat keinen Namen. Oder hast du schon mal einen Goldfisch mit einem

Namen gesehen? So, und die alte Kuckucksuhr, die bekommt deine Schwester Erna.«
»Die Uhr schlägt aber nicht mehr.«
»Aber Erna kann so prima ›Kuckuck, Kuckuck‹ machen.«
»Womit?«
»Mit dem Mund, Mensch! Womit wohl sonst? Und das alte Motorrad, die alte Puch …«
»Die kannst du doch nicht mehr vererben; die ist doch schon achtzig Jahre alt.«
»Dreiundachtzig. Und die wird jeden Tag wertvoller. Damit ist mein Großvater tödlich verunglückt. Da war er siebenundsechzig. Und die Maschine läuft immer noch. Und

was macht der Omnibus von Heitelbeck? Einmal gegen einen Baum, dann kannst du ihn wegschmeißen. Ja. Und der Pastor Würzblech, der kommt mir nicht an den Sarg, der falsche Hund.«

»Und wer hält die Grabrede?«

»Unser Kassierer, der Klaus. Aber er soll nichts erzählen von dem 9:0 in Schwelm oder den drei Elfmetern in Milspe. Auch nichts von der Karnelvalskiste mit den Weibern von TuS Paderborn.«

»Komm, komm, komm. Auf dem Sterbebett sollte man ans Jüngste Gericht denken und nicht an irgendwelche Schweinereien.«

Willi lächelte. »Das kann er auch sagen, dass du katholisch warst, ehe du mich kennengelernt hast. SPD kann er auch erwähnen und den Orden vom Zweiten Weltkrieg.«

»Papa, was hast du denn für einen Orden gekriegt?«

»Verwundeten-Abzeichen.«

»Und was ist mit dem Geld?«

»Die Beerdigung hab ich schon bezahlt. Jetzt hab ich noch 467 Euro übrig, und auf dem Sparkassenbuch hab ich auch noch 793 Euro, da gehen für den Kaffee und Streuselkuchen noch 200 Glocken drauf und das Bier – da bleiben für dich und die Kinder etwa 800 zum Verteilen.«

»Weißt du, was ich mit meinem Anteil mache?«
»Natürlich! Du fährst zu deiner Schwester ins Sauerland.«
»Nein. Ich fahre für eine Woche nach Mallorca.«
»Da wirst du mit 300 Euro aber nicht weit kommen.«
Koslowski richtete sich umständlich auf. »Dann möchte ich, dass, wenn unser Männerchor gesungen hat, Christinchen das Gedicht vom Opa aufsagt.«
»Was denn für ein Gedicht vom Opa?«
Koslowski räusperte sich:

»Meine Brüder lieb ich sehr,
meine Eltern noch viel mehr
und die Tante Lilli,
doch am allerliebsten
ist mir mein Opa Willi.«

»Wer hat das gedichtet?«
»Na ich.«
»Das wirst du nicht an deinem Grabe hören.«
»Na gut! Sterbe ich einfach nicht.«

Die Nachfeier

Die Beerdigung war nicht übel. Die Feierhalle war geheizt und sauber. Pastor Kleinschmidt sprach nur zehn Minuten, die Verwandten kamen überhaupt nicht vor. Nur Olga Konwutschko, mit welcher der Verstorbene mal heimlich ein Verhältnis gehabt hatte. Der Posaunenchor vom Löschzug III spielte »Der Mond ist aufgegangen« und Lehrer Sauerbier rezitierte »Untergang der Titanic«. Beim Abmarsch vom Friedhof spielte der Posaunenchor den »Badenweiler Marsch«. Auch sehr schön. In der Kneipe gab es dann erst einmal zwei Runden Kümmel, warmen Streuselkuchen vom Blech, Kaffee und Brathering. Danach Freibier. Und für die Frauen Eierlikör und leichten Kamillentee.

»Es wundert mich«, sagte der kleine Ösil, »dass Paul von einem Pastor beerdigt wurde. Der war doch sein ganzes Leben Sozialdemokrat.«

»Na und? Deshalb war er doch Christ.«

»Dann kommt er auch in den Himmel.«

»Natürlich. Denkste, der kommt in die Hölle, du Türke?«

»Ich bin auch Deutscher.«

»Ein Türke kann gar kein richtiger Deutscher werden. Vielleicht Österreicher. Aber kein Deutscher.«

»Du wirst aber überrascht sein, wenn du stirbst und dann vor Allah stehst.«

»Nun komm du mir doch nicht mit deinem Scheiß-Allah. Ich bitte dich. Es gibt nur einen Gott, und das ist unserer. Ihr Türken seid doch dauernd von eurem Allah bestraft worden. Mit Kriegen, Erdbeben, Überschwemmungen. Millionen sind nach Deutschland geflüchtet. Weißt du, welches die zweitgrößte türkische Stadt nach Istanbul ist? Berlin. Ihr wart und seid ›der kranke Mann am Bosporus‹. Warum bleibt ihr nicht in Asien? Nein, ihr müsst in Europa Moscheen bauen, wo der Muezzin vom Minarett in die Flöte bläst.«

Das war für Ösil zu viel. »Warum hat euer Gott euch zwei Weltkriege versaut? – Ja, da weißt du keine Antwort. Weil ihr die Juden ausrotten wolltet. Und Israel ist das auserwählte Volk eures Gottes.«

»Wo hast du das denn her?«

»Aus der Bibel. Du ungebildetes Arschloch.«

»Willst du mich beleidigen, du Türke.«

»Nein, das will ich nicht. Zumal ja die großen Religionen alle einander ähneln …«

»Ja, da muss ich dir recht geben. Ich finde am

Islam vieles ganz in Ordnung, zum Beispiel dass man mehrere Frauen haben kann.«

»Da merke ich, dass du auch in diesem Fall keine Erfahrung hast.«

»Ich habe schon Erfahrung. Nur hänge ich die nicht an die große Glocke.«

»Glaubst du, ich weiß das nicht? Die Brombacher hat doch ein Kind von dir.«

»Nee, das Kind ist von dem dicken Sichelschmidt. Die Brombacher war schon schwanger, als ich mit der nach – wo bin ich denn mit der im Urlaub gewesen? Ach, in Antalya, ja. Da hat sie sich erst noch so geziert. In Antalya.«

»In Antalya?«

»Ja, in Antalya. Da wollte sie noch die Bluse anlassen. Na, gut.«

Der Posaunenchor spielte jetzt: »Warum ist es am Rhein so schön?«

Der dicke Sichelschmidt schrie: »Weil die Mädchen so lustig und die Burschen so durstig.«

Ösil lachte. »Du glaubst doch auch noch, dass die Türkinnen im Bett ihr Kopftuch umlassen.«

»Nee, aber die Strümpfe.« Schallendes Gelächter. »Na ja, ihr Araber lauft doch auch in langen, weißen Hemden durch die Gegend.«

»Wir Türken sind keine Araber, wir sind Turkmenen. Also ein Turkvolk.«

»Das weiß ich doch. Ihr reitet auf euren Eseln noch die Autobahn rauf und runter. Aber ihr wollt Europäer sein. Weil ihr schon mal vor Wien gestanden habt.«

»Heute stehn wir schon in Berlin.«

Wolke O

»Ja! Wolke O. Pförtner. Blasius.«
»Ja, ist grade rein mit dem Schnelltransporter. Warte mal! Franz-Josef!! Ja, ich sag es ihm. Ach, der fliegt doch 3000 Kilometer pro Stunde. Ja, in der Atmosphäre. Nein, in der Galaxis ist der schneller als ein Engelfurz. Wir haben Glück, da kommt er ja schon … Mann, wie siehst du denn aus?«
»Ich habe diese Nacht einige hunderttausend Kilometer geschrubbt. Ich war auf der Venus!«
»Ach nee! Ich dachte, da kommt man nur mit einer Sondergenehmigung hin.«
»Die hab ich doch noch aus Berlin. Da bin ich doch nachts immer von Westberlin nach Wandlitz gefahren.«
»Und was macht der andere Genosse?«
»Der war IM bei denen, die heute auf der Venus leben und arbeiten.«
»Und was arbeitet der auf der Venus?«
»Material besorgen und abholen. Die haben auf der Venus alles, wirklich alles. Autos, Schiffe, Fertighäuser, Wohnwagen, Aale, Kaviar, Sekt, Tauben, Spanferkel, fertig eingerichtete Freudenhäuser. Alles. Das darf hier natürlich keiner wissen.«

»Aber du redest ziemlich offen darüber.«
»Ich hab doch den Ausweis vom Obersten Beichtstuhl.«
»Und mit so einem Ausweis könnte man doch ... Mir haben sie damals, als ich tot war, etwas Gold mit in den Sarg getan.«
»Auf der Venus gibt es eine Fälscherwerkstatt. Aber auf der Venus gibt es kein Geld, soviel ich gehört habe.«
»Scheiße.«
»Die sind auf der Venus auch nicht so ganz gut auf uns zu sprechen. Die haben auch einen ganz andern Gott als wir.«
»Einen andern Gott als Jehova? Vielleicht so einen wie Allah?«
»Aber nein. Aber nein! Ich glaube, einen dreibeinigen Ziegenbock.«
»Ja, genau! Der hat bei der Wahl die meisten Stimmen gekriegt.«
»Aber die Idioten glauben doch nicht an so einen Gott!«
»Die Christen haben alle ein und denselben Gott, aber wie viele an ihn glauben, weißt du auch nicht.«
»Gut! Gut! Gut! Aber wie kann ich meine Lage verbessern? Nur du kannst mir helfen.«
»Das Beste wird sein, wir beamen dich wieder runter; da kann – wenn der Schwindel

auffliegt – uns keiner drankriegen, weil es keiner weiß, dass nach dem Tode Erdurlaub gewährt werden kann (da würde vielleicht die christliche Kirche dazwischenfahren), und überdies haben wir ja noch eine christliche Jurisprudenz in Deutschland, die jeden Versuch, der Kirche etwas an den Ornat zu flicken, mit Feuer und Schwert unterbinden würde.«
Unser Transportfahrer nickte mit seinem großen linken Kopf, drehte sich in der Tür noch einmal drohend um und rief in die Wachstube: »Ich verlass mich auf dich. Wenn es misslingt, bin ich einen Tag drauf in Moskau auf dem Roten Platz und sprenge das Mausoleum in die Luft. Rot Front!«

Gott und Mensch

Der liebe Gott kann alles machen,
gute und auch schlimme Sachen.
Die guten werden ihm oft knapp,
er hängt ja auch vom Wetter ab.

Die Gottlosen sind die unglücklichsten
Menschen auf der Welt,
weil für ihre Niederlagen immer
der Klassenfeind herhalten muss.

Vor Gott hat es keinen einzigen Menschen
auf der Welt gegeben.
Und wenn doch, dann höchstens Pelé.

Der liebe Gott ist katholisch
und nicht evangelisch oder mongolisch,
auch sein Stellvertreter ist katholisch
und dessen Stellvertreter.
Auch Franz Müntefering ist katholisch.
Und andere.

Klein-Anton

Ach, das muss ich euch berichten,
eh euch andre unterrichten,
Papa hat 'ne neue Frau,
die ist blond und nicht so grau
wie Mama – auch nicht so alt,
doch verliebt, so ist es halt.
Morgen gehn sie ans Gericht.
Mama sagt: »Mich kriegt er nicht!«

DDR-Dornröschen

Es war einmal ein König, der hieß Walter I. und kam aus Sachsen. Er war aufgewachsen am Hofe in Moskau bei Josef Wissarionowitsch, Zar Alexander Stalin I. An diesem Sonntag war er ungehalten, weil ihm seine Gattin Lotte die rote Krawatte zum Besuch im Palast der Republik ausgeredet hatte. Zudem erwartete er noch den Berlin-Baumeister. Da klopfte es auch schon an der Tür, und der Hofmarschall trat ein und meldete den erwarteten Gast.
»Nu, Genosse«, rief Waldi, da bist du ja. Also nächsten Sonntag um 0.00 Uhr bauen wir einen Antifaschistischen Schutzwall um die DDR.«
»Einen was?«, kam es leise aus der Ecke.
»Eine Mauer, du Idiot. Wegtreten.«

Im VEB Jagdwaffen wurde die königliche Kampfgruppe in Bereitschaft gesetzt. Die Zeit ging ins Land. Der König starb, und sein Kronprinz Erich wurde König. Das war 1971. Walter Ulbricht grantelte sich noch bis 1973 dahin. Die Kampfgruppe in Suhl wurde durch eine ferngelenkte Fahrradgruppe aufgestockt. Erich I. war aber nun auch nicht das Gelbe vom Ei, und Egon Krenz meinte: Der Honecker muss weg. Er fand auch ein paar willige Protestanten im Politbüro, die mit Egon den Erich über die Klinge springen ließen. Aber es war alles schon ein bisschen zu spät. Die Birne kam und küsste die DDR wach. Millionen, die sich heute ungern daran erinnern, rasten wie Besoffene nach Westberlin. Der Westen jubelte. Der Osten jubelte. Es gab Westgeld, es gab Westgeld! Es gab Bananen. Es gab Kaffee. Es gab Arbeitslose. Es gab Bettler. Es gab Türken. Es gab alles. Bankraub und Krise. Wir wurden wachgeküsst von einer Prinzessin aus Mecklenburg-Vorpommern: Angela Merkel.

Ja, Egon, ob ihr alles richtig gemacht habt? Ich denke: Nein. Im Vorwort zu deinem Grenzöffnungsbefehl räumtest du ein, das sei eine Situation, in der man – was immer man macht – nur einen Fehler machen kann. Richtig! Aber es bleibt unerwähnt, dass man sich erst einmal in eine solche ausweglose Situation hineinmanövriert hatte. Nein, König Erich war es nicht, dem hatte sein Politbüro diese Situation fein säuberlich verschwiegen. Der König duldete in seiner Residenz auch keine so defätistischen Äußerungen. Günter Mittag hielt seine Untertanen im Politbüro täglich an der Kandare. Es liest sich über diese Dinge in ihrer Zeit hervorragend in Klaus Höpckes *Über linke Heimatliebe.*

Ich saß in einem Zug nach Leipzig zwei Genossen gegenüber und musste mir Bruchstücke ihres Gespräches mit anhören:
»… dass du diese Meinung nicht … aber ich bitte dich, das ist doch für viele führende Genossen ein Schlag gewesen, die offene Mauer … großer Quark, großer … Die Genossen schrieben plötzlich alle dicke Bücher. Oertel war sogar im ND bei den Dichtern immer an erster oder dritter Stelle. Noch ein Dichter war Karl-Eduard. Und dann tingelten die noch … Das wusste doch die halbe Republik, dass die Fernsehlieblinge alle getürkt waren! … Wenn wir den Krieg gewonnen hätten, da hätte dieser Westerwelle aber in einer LPG Schweine kastriert und die Merkel im Konsum auf Sankt Pauli Pariser verkauft.«

Wir haben noch etwas, das dem Westen überlegen ist. Wir haben eine sozialistische Idee. Ja, natürlich kann man einiges dagegen vorbringen. Dass der Sozialismus in der DDR gescheitert ist. Und in anderen Staaten

auch. Und dass alles nicht mehr so geht, wie Karl Marx es sich gedacht hat.
Das hat der Westen nicht. Er hat natürlich die Banken. Er hat die Millionäre. Er hat die Armee. Er hat die Kriege. Er hat die Priester. Er hat die Medien. Doch er hat keine sozialistische Idee. Und die will er auch nicht. Aber er hätte auch gern etwas. So etwas … Auf! Nationalhymne! Na ja! Besser als nix!

Eine schlimme Nacht oder Die Kampfgruppenübung

»Herbert! – Herbert!«
»He?«
»Mensch, Herbert, hörste nicht!«
»Da läutet jemand Sturm!«
»Wo?«
»An der Tür.«
»Das wird der Hund sein.«
»Wie spät ist es denn?«
»Dreiviertel zwölf.«
»Das kann doch nicht wahr sein!«
Wieder die schreckliche Klingel.
»Genosse Lange, Alarm!«
»Kampfgruppe!«
»Was denn für 'ne Kampfgruppe?«
»Na unsere, die fünfte.«
»Ach, du Scheiße! Ich bin besoffen.«
Aber sofort kam die Antwort: »Glaubst du denn, das stört den Gegner?«
»Wieso? Sind denn die Amis schon in Köpenick?«
»Los, zieh dich an, aber zack, zack! Kampfgruppenübung!«
»Du, ich bin wirklich besoffen. Ich hab Geburtstag. Ich hab 'ne ganze Flasche Doppelkorn leer gemacht. Ich bin völlig fett.«

»Da kommste in 'n Stab.«
Herbert Lange kletterte mit einem schrecklichen Fluch gegen motorisierte Verbände und imperialistische Bedrohung langsam über die Mutter, stockte kurz, als er unterm verrutschten Nachthemd ein halbes rosa Bäckchen sah, besann sich aber auf seine vaterländische Pflicht und verschob die ehelichen Freuden auf den turnusmäßigen Sonnabend.
Als er seine in zwei Zimmern verstreuten Sachen zusammengeschaufelt hatte, fiel ihm etwas ein. »Annie! Annie! Wo ist denn die Knarre?«
»Was für 'n Ding?«
»Mein Gewehr.«
»Was denn für 'n Gewehr?«
»Gottverdammich, die leichte Feldhaubitze, die dem Genossen Kämpfer immer auf dem Rücken rumbammelt.«
»Die hast du vielleicht gestern Abend wieder unten in der Kneipe stehen lassen.«
Herbert duckte sich, robbte ans Fenster und rief in die Dunkelheit: »Genossen! Meine Knarre ist weg.«
»Komm runter, du Vollidiot, Knarre kriegst du doch noch.«
»Lisbeth! Wo ist denn meine Gasmaske?«
»Die hängt doch auf dem Klo.«

Die Roten Genossen lagen vier Stunden vorne im Graben und warteten. Sie waren völlig durchnässt und zitterten vor Kälte. Sie warteten schon über drei Stunden auf den Angriff der Weißen. Die aber lagen natürlich wieder schön warm in einer Feldscheune und machten Parteilehrjahr oder anderen Blödsinn.
Am nächsten Tag waren sechzehn Rote Genossen krank. Zwölf an den Bronchien, drei an den Füßen, einer an den Hämorrhoiden. Nur der besoffene Herbert grinste: »Mir macht das nichts aus. Absolut nichts. Wenn du körperlich fit bist und einen festen politischen Klassenstandpunkt hast, da kann dir kein Wetter und kein Klassenfeind etwas anhaben.«

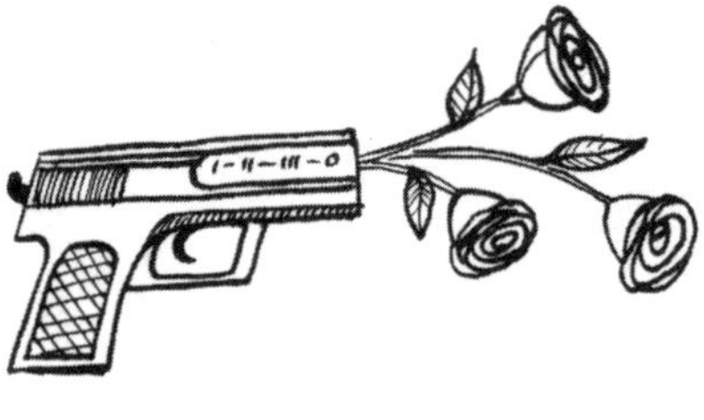

Lisbeth Koslowski und Sahra Wagenknecht

»Willi!«
»Lisbeth! Ist Sahra Wagenknecht eigentlich eine Sektiererin?«

Gudrun Spiegel sagt: »Für mich ist sie eine Sektiererin.« Und sie ist ja auch Anführerin einer Sekte – in einer Zeit, in der die Partei Die Linke versucht, im Westen zusätzliche Wählerstimmen zu gewinnen. Oder auch Mitglieder. Wenn man in einer politischen Partei organisiert ist, erkennt man das Programm an und ist zur Loyalität gegenüber der Partei verpflichtet. Und wer das nicht möchte oder das Programm durch eigene Gedanken bereichern will, wird zur Ordnung gerufen. Ist es also wider die Parteilinie, wenn man antithetisch öffentlich diskutiert?
Willi Koslowski wischte sich den Schweiß aus dem Gesicht. »Ist es daher gut und richtig, wenn beispielsweise interessante Theorien unter dem Deckmantel der Partei vertreten werden?«

»Ach, Willi. Was hast du denn gegen interessante ...«
»Ja, ja, du hast es ja lieber langweilig, du

Tränentier. Bist du in der Partei oder ich?«
»Ja, Willi! Aber dich wollten sie schon damals rausschmeißen, als du den blöden Kreissekretär ›Genosse Pilsner‹ genannt hast.«
»Ich? – Das war doch der Jürgen Zartmann.«
»Das war er doch nicht. Der Jürgen Zartmann war nie in der Partei. Nie.«
»Stimmt ja. Der war auf der Versammlung gar nicht dabei. Der war ja auf Urlaub in der Schweiz und auf Urlaub in Österreich.«
»Lisbeth, du redest einen Stuss! Woher willst du denn wissen, was bei uns im Fernsehen los war?«
»Ja, Willi, weil du dich selbst darüber aufgeregt hast, dass parteilose Kollegen in Urlaub gen Westen fuhren mit Kind und Kegel und die Genossen in Todesfällen …«
»Ja, Lisbeth, das war eben so.«
»Ich bitte dich, Willi.«
»Ja, Mädel, denkst du denn, damals bei uns gab es kein Unten und Oben?«
»Ja, Willi, aber immer noch besser als Gleichmacherei.«
»Lischen! Schreib dir das hinter die Löffel: Die Menschen sind von Natur aus verschieden! Jeder ist ein Dings hier, ein Individuum. Und du kannst dich wenden, wie du willst, du bist völlig anders als ich.«

»Ja! – Wieso?«
»Das ist aber eine dumme Frage, Lisbeth!«
»Ach so, ja! – Du bist in der Partei und ich nicht.«
»Siehst du, und die Wagenknecht denkt und redet anders als du.«
»Also ist das so.«
»Herrgott, wie denn?«
»Als ob es in der katholischen Kirche eine protestantische Plattform gäbe.«

Mandat, Amt und Geld

Es geht nicht um Millionen; aber wenn wir sparen müssen, fangen wir klein an.
Da ist also das Rundschreiben des Parteivorstandes Havelland an den Parteivorstand Berlin: »Mit Befremden haben wir von Eurem Beschluss Kenntnis erhalten, dass die Parteiämter Parteivorsitzende, Bundesgeschäftsführerinnen und Parteibildungsbeauftragte hauptamtlich ausgeübt werden und der Bundesschatzmeister mit den einzelnen Amtsinhaberinnen Verträge über die Höhe der Bezüge abschließt.« Es sei absolut unverständlich, weshalb der Bundesvorstand vom bisherigen Konsens innerhalb der Partei abrückt, dass Parteiämter nur dann hauptamtlich sind, wenn die Amtsinhaberinnen keine Mandate innehaben.
Da kann man der Partei aber zu ihren Brandenburgern gratulieren. Bleibt am Ball, Genossen! Die Irrtümer gehen uns nicht aus.

Krise

»Papa, du musst noch meine Subvention
bezahlen.
Ich brauch bis morgen neue Sportsandalen.
Mein Taschengeld ist doch längst auf der
Flucht,
bis Opel-Bochum hat man schon danach
gesucht.«

»Das ist ein Stuss, im Ernst, ich kann nicht
zahlen.
In der Regierung sitzen Kannibalen,
die pressen dir den Euro aus dem Leib.
Für die Regierung ist das nur Zeitvertreib.«

»Trotzdem: Du wirst mich subventionieren.
Ich kann mich vor den Kumpels nicht
blamieren.
Kein Kino, keine Disko oder Kleinigkeiten.
Nur noch gewählte Bürger, die den Weg
bereiten.«

»Du weißt, die Haushaltskasse ist längst leer.
Wo nehm ich denn das Taschengeld für
meine Kinder her?
Ich habe mir das Rauchen abgewöhnt,
dafür werd ich noch im Betrieb verhöhnt.«

»Mach's doch wie unsre schwarz-gelben Krieger.
Obwohl die Töpfe leer, sind sie stets Sieger.
Sie zahlen Prämien an unsre Landwirtschaft
an die Hotels eine Milliarde, sagenhaft.
Zulagen gibt's im öffentlichen Dienst,
Glaubst du, ich seh nicht, wie du heimlich grienst?«

10 Prozent der Bürger verprasst vom Volksvermögen 90 Prozent,
wie man das vom Kapitalismus kennt.
Sie treten nach unten auf die armen Leut,
weil man den Angriff auf die Reichen scheut.
Ich lasse mich vom alten Psycho Fromm gern leiten,
der ließ für alle Welt dereinst verbreiten:
»Eine gesunde Wirtschaft braucht kranke Menschen!«
Aber das ist doch alles machbar!

Die Wahrheit

Wenn man die Tür aufmacht, sieht man klar und deutlich die Wahrheit vor sich liegen. Schließt man die Tür wieder, erfasst einen die Lüge mit ihren langen, dürren Armen und lässt einen nicht mehr los.
Im 1. Buch, Kapitel 3, Vers 3 vor den Früchten des Baumes mitten im Garten Eden hat Gott gesagt: »Esset nicht davon, dass ihr nicht sterbet!« In Kapitel 5 sprach die Schlange zum Weibe »Gott weiß, welches Tages ihr davon esset, so werdet ihr sein wie Gott und wissen, was gut und böse ist.«

Eva sagt zu Gott, die Schlange habe sie betrogen. Adam sagt, Eva habe sie belogen. Also, da ist etwas Wahres dran.
Und das ist die Geburtsstunde der Lüge. In der Not geboren – Schwester der Wahrheit – Geburt der Notlüge.
Da sagt jemand nach einem Besuch in Afghanistan, dass unser Militäreinsatz dort für Deutschland lebensnotwendig sei. Zufällig war er noch Bundespräsident. Es wurde laut in Deutschland. Es habe sich nicht um Afghanistan gehandelt, sondern um ein Kap. Der Präsident trat zurück. Keine Aufregung. Es gibt in Deutschland Kandidaten wie Sand am Meer, die Bundespräsident werden möchten. Ich nicht. Ich würde lieber Papst.

Wolke 7

»Im Himmel ist es schon etwas anders als auf der Erde.«
»Wieso?«
»Zum Beispiel gibt es kein Geld.«
»Ja, es gibt ja auch nix zu kaufen.«
»Auf der Erde musst du dafür arbeiten. Das brauchst du im Himmel nicht. Ist ja auch überhaupt keine Arbeit da.«
»Es gibt auch keine Tiere.«
»Was denn für Tiere?«
»Na, zum Essen. Mir hängen der Messwein und die Oblaten schon zum Halse raus.«
»Auf Wolke 96 soll es Currywurst geben.«
»Weiß ich.«
»Das ist Importwurst.«
»Woher?«
»Von der Venus.«
»Ja, so schmeckt die auch. – Und woher weißt du das?«
»Von dem dicken Sichelschmidt. Der fährt doch einmal im Monat für die Import-Abteilung mit einem Truck runter nach Rom in den Vatikan und holt fürs Paradies Sonderwaren.«
»Nee! Das ist ja wie in Wandlitz.«
»Aber hier!«

»Und wer macht diesen Import?«
»Ein gewisser Schalck-Golodkowski.«
»Der hat mich beraten, als ich meinen Antrag auf Rückreise zur Erde abgegeben habe.«
»Wann war das?«
»Vor zwanzig Jahren. Wurde aber abgelehnt. Dabei weiß ich, dass die Leute, die heute in Asien und Afrika für Deutschland kämpfen, vor über hundert Jahren schon mal dort waren.«
»Äh?«
»Ja, die haben damals schon für uns die Kolonien erobert.«
»Na ja, das ist aber heute anders.«
»Wieso denn? Glaubst du, wir gehen aus Afghanistan jemals wieder raus?«
»Dass Gott das zulässt!«
»Wenn der sich um jeden Scheiß kümmern müsste, da hätte er aber viel zu tun. Nein, da lässt er den Menschen freie Hand.«
»Aber seit Jahrtausenden spielen die Menschen Kain und Abel.«
»Aber Jehova ist ein barmherziger Gott.«
»Glaubst du, dass er denjenigen, die ...«
»Ja, er vergibt ihnen.«
»Da fällt es dir manchmal schwer, an Gott zu glauben.«
»Genauso ist es.«